Palabras que debemos aprender antes de leer

brincar

gusta

lanzarme

mucho

quedaré

saltar

sentada

www.rourkepublishing.com

Edición: Luana K. Mitten
Ilustración: Anita DuFalla
Composición y dirección de arte: Renee Brady
Traducción: Danay Rodríguez
Adaptación, edición y producción de la versión en español de Cambridge BrickHouse, Inc.

ISBN 978-1-61810-516-5 (Soft cover - Spanish)

Rourke Publishing
Printed in the United States of America,
North Mankato, Minnesota

www.rourkepublishing.com - rourke@rourkepublishing.com
Post Office Box 643328 Vero Beach, Florida 32964

¡Está roto!

Meg Greve
ilustrado por Anita DuFalla

—Me gusta saltar. Sí, me gusta mucho.

—Me gusta
saltar. ¿Y a ti?

—Me gusta brincar.
Sí, me gusta mucho.

—Me gusta
brincar. ¿Y a ti?

—¡No más saltos! ¡No más brincos! —gritó Mamá.

—Me gusta saltar en un solo pie. Sí, me gusta mucho.

—Me gusta saltar
en un solo pie.
¿Y a ti?

—Me gusta
lanzarme al aire.
Sí, me gusta mucho.

—Me gusta lanzarme
al aire. ¿Y a ti?

—¡Dejen de saltar en un solo pie! ¡Dejen de lanzarse al aire! —gritó Mamá.

—¡Nos gusta saltar, brincar,
saltar en un solo pie y
lanzarnos al aire!

—¡Ay, no! ¡Esto está muy alto!

—Me gusta estar sentada. Sí, me gusta mucho. Yo me quedaré sentada. ¿Y tú?

Actividades después de la lectura

El cuento y tú...

¿Alguna vez has brincado en tu cama?

¿Te regañaron?

¿Qué otros juegos puedes hacer dentro de la casa?

Palabras que aprendiste...

En una hoja de papel, escribe palabras que rimen con cada una de las palabras que ahora conoces.

brincar
gusta
lanzarme
mucho
quedaré
saltar
sentada

Podrías... invitar a un amigo/a a jugar dentro de tu casa.

- Haz una lista de los juegos que pueden hacer dentro de la casa.

- ¿Qué necesitas para hacer estos juegos?

- ¿Dónde harías estos juegos?

- ¿A quién invitarías para que juegue contigo?

Acerca de la autora

Meg Greve vive con su esposo, su hija y su hijo en Chicago. A su hijo le gusta mucho saltar, brincar, saltar en un solo pie, lanzarse al aire y saltar en la cama. ¡A veces Meg también lo hace!

Acerca de la ilustradora

Aclamada por su versatilidad de estilo, el trabajo de Anita DuFalla ha aparecido en muchos libros educativos, artículos de prensa y anuncios comerciales, así como en numerosos afiches, portadas de libros y revistas e incluso en envolturas de regalo. La pasión de Anita por los diseños es evidente tanto en sus ilustraciones como en su colección de 400 medias estampadas. Anita vive con su hijo Lucas en el barrio de Friendship en Pittsburgh, Pennsylvania.